not only passion

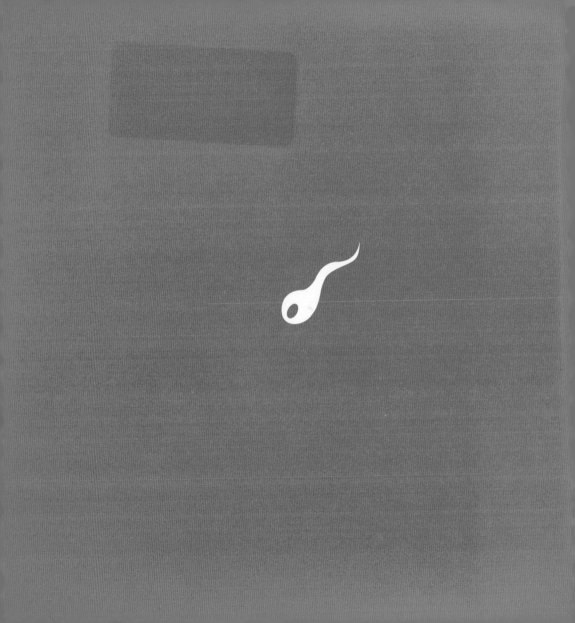

not only passion

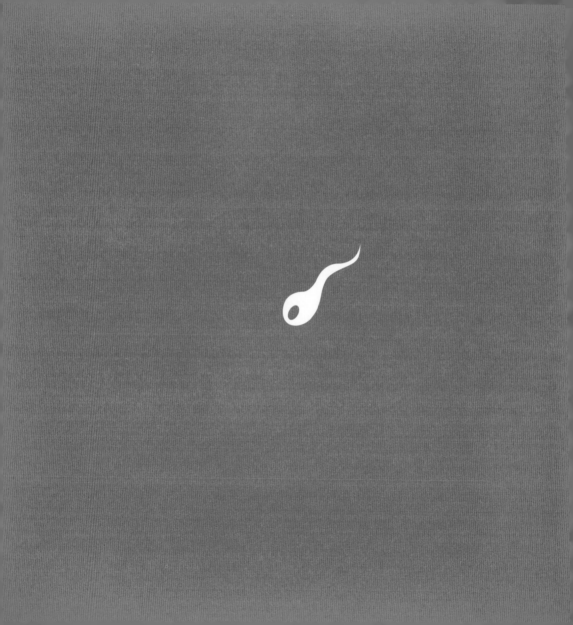

The Penis Book

約瑟夫．科恩 Joseph Cohen

啊！好屌

大辣

dala sex 008

啊！好屌
The Penis Book

作者：約瑟夫·科恩 Joseph Cohen
譯者：但唐謨
責任編輯：郭上嘉
校對：呂靜芬、黃健和
企宣：吳幸雯
美術設計：楊啓巽工作室
法律顧問：全理法律事務所董安丹律師
出版：大辣出版股份有限公司
　　　台北市105南京東路四段25號11樓
　　　www.dalapub.com
　　　Tel: (02)2718-2698 Fax: (02)2514-8670
　　　service@dalapub.com
發行：大塊文化出版股份有限公司
　　　台北市105南京東路四段25號11號
　　　www.locuspublishing.com
　　　Tel:(02)87123898 Fax:(02)87123897
　　　讀者服務專線：0800-006689
　　　郵撥帳號：18955675
　　　戶名：大塊文化出版股份有限公司
　　　locus@locuspublishing.com

台灣地區總經銷：大和書報圖書股份有限公司
地址：242台北縣新莊市五工五路2號
Tel：（02）8990-2588　Fax：（02）2990-1658
製版：瑞豐製版印刷股份有限公司
初版一刷：2005年11月
定價：新台幣250元

The Penis Book

男人身上的第一男主角

文＝但唐謨

屌，是男人身上的第一男主角。它本該是個讓人憐愛的小寵物，但是不知怎麼的，每當把這個話題公開拿出來講，卻經常把人嚇跑！或者，它讓一個嬌滴滴的女孩害羞臉紅。《啊！好屌》這本圖文書，以勇敢、幽默、直接而且毫不知羞的態度，把男人的屌大辣辣地擺出來大談特談。老二，本來就沒什麼好值得大驚小怪的呀！

在這本書圖像文字的描繪中，男人屌，似乎脫離了男人的身體，變成了一個有生命的獨立個體，不但外型有粗細大小，也有姓名、氣味、脾氣、喜怒哀樂、愛恨癡顛；當然，老二最奇妙的特性，就是它能伸能縮的生物奇蹟，這項不可思議的特異功能，也在本書中以各種話題大書特書。此外，書中也引述生物學、文學、藝術、歷史、性別、酷兒、流行文化等資料，以更多元而風趣的觀點，把男人的屌全盤解析。

這本書讓人會心一笑，卻也提出了一個特別的觀點：作者以時代的體察，點破了一項事實，那就是，男人也愛屌。在過去的印象中，異性戀男人會畏懼其他男人的身體，記得小時候看《城市獵人》漫畫，主角獠總是對男人的老二過敏而大聲尖叫，對一個「正常」的男人而言，他只能對女性身體著迷，如果男人思考另一個男人的屌，是噁心而可恥的，而且可能會造成同性戀的聯想，這種奇怪的觀念，在本書中整個被推翻了。

男人不但會想其他男人的老二，而且興趣大的很，男人們彼此的老二之間，混雜著欣賞、嫉妒、惺惺相惜、愛恨交織的複雜情緒。男人們喜歡比賽屌大屌美，就好像女孩子

之間也會互相比美比俏，如此一個很自然的事實，一直被男人們當成禁忌不敢說。這本書終於把男人的屌從假陽剛的衣櫃中解放了出來：全世界最愛漂亮的東西，就是男人之屌。

《啊！好屌》對過去黑暗時期的歷史回顧，也是非常珍貴而有趣的內容，例如早期的人把自慰、夢遺視為病態，把勃起、激凸當成醜態。這些歷史雖然可笑，卻也讓我們慶幸自己活在一個對身體和性更為開放的時代，正因如此，本書才能如此自然開放地對老二高談闊論。此外，本書同樣以幽默的口吻，打破了一些過去大家覺得似是而非的迷思，例如：屌大就是好，女人都愛大屌？鼻大屌大？壯陽偏方、陰莖整型的可笑等等。

本書的主題雖然有點私密，但是我相信，即使最保守的人閱讀了這本書，也會噗嗤一笑，我覺得《啊！好屌》最有意義的地方正是如此。身體本來就是美麗的啊！任何對身體的禁忌、約束、妖魔化，都是沒有必要的。此外，書中的雙關語、文字遊戲、諧音字戲耍非常多，但是礙於語言隔閡，實在無法原汁原味逐字翻譯，只能盡量抓住玄機，呈現原文中鮮美的屌味。

Greetings from
PENIS ROCK

這塊奇異的巨石叫做「屌石」,又稱
「大硬石」(Big Stoney),位於美國
猶他州的芭辛州立公園(Basin
State Park)。這張色彩鮮麗的明信
片,展現了大自然無比的壯麗。

你有屌兒 *You have one.*

你要屌兒 *You want one.*

你愛屌兒 *You love them.*

你恨屌兒 *You hate them...*

屌！
The penis.

真是不可思議啊！
這樣一個比吉娃娃還要小的東東
竟然能夠激盪出這麼多
感情
性冒險
打手槍用的**A**書
色情電話
精神科病例
嬰兒
黃色笑話
失眠的夜晚
神智不清的嘆息
謊言
害羞的傻笑……

以及好多好多的爽翻天

DAVID'S
ICE-TONGS

MR. PENIS
Lolly Pop ICE MOLD

FLEETWOOD

enis
ASTA

om the finest Durum Wheat

Cocktail
Sippers

GLOW ᴵᴺ ᵀᴴᴱ DARK
Dicky
Sipper™
z. SPORTBOTTLE
For external use only

向前站一步，脫掉你褲褲

公布真相的時候到了
準備好和最頂天立地的男子漢一較長短吧！

Step right up

大部分的男人都夢想著有一根又粗又長、像 **AV** 男優那樣的巨屌，卻永遠看不爽自家屌兒的老實模樣。如果你也是這種人，算了吧！量自己的老二連一碼長的大尺都用不上啦，當然有些人天賦異稟，可能真的需要超過 **30** 公分的長尺才量的出來。不過，讓我們先來看看平均數據吧：

男人勃起前的屌，平均長度是 **7** 到 **8** 公分，平均直徑是 **3** 公分；勃起後的平均長度是 **15** 公分，直徑 **4** 公分。男孩子在 **17** 歲時，他的陰莖就已經發育完畢了。

甜蜜的復仇 SWEET REVENGE

陰莖越短，勃起時的膨脹係數也越高。許多男人的屌在垂軟的時候約只有 7 到 8 公分，但完全勃起後卻可能脹成原來的兩倍大，而那些大屌猛男，幾乎從來沒有過這麼大的膨脹比例；但是話說回來，大屌猛男雖然膨脹係數低，大屌畢竟還是屌大。

大鼻＝大屌？ BIG NOSE, BIG HOSE?

不盡然吧！我們都聽過許多關於老二的傳奇故事：如果男人有大手、大鼻、大耳垂，他可能就會有一根可觀的巨屌。但是根據近幾年來上千件的調查案例，屌的尺寸和其他器官的大小毫無關連，陰莖的尺寸，多半是遺傳和基因的結果，並非其他器官能左右的。

drop your pants.

MADE IN U.S.A. **10** APP'D 339 TC **11** **14** **15**

聯合縮屌軍 THE INCREDIBLE SHRINKING DICK

恐懼、壓力和冷水，都會把一個成熟男人的屌，回縮到小學生程度。每年例行體檢的過程中，大約有三分之一的男人，都得為自己縮成一團的老二解釋一大堆，他們會對醫生說：「大夫啊！我不在這裡的時候，老二真的比較大說。」

屌盡其才，物盡其用！ BLOW OFF THE DUST AND USE IT

經常保持你那根傢伙的「勃勃」性致，讓它永遠有機會做愛做的事（安全很重要喔），好處真的多到不行。關於這點，泌尿科醫生都可以為你背書。勃起會讓陰莖充滿含氧豐富的血液，使陰莖動脈內的平滑肌肉組織充滿生機。陰莖缺氧會導致膠原質增加，到時候，勃起已成往事，只能靠甜美的記憶去回味了。所以快快快，趕快把老二弄大，卯起來用個爽！

陰莖增大術 ENLARGEMENT SURGERY?

別鬧了！陰莖整型手術只會造成醜死人的疤、勃起疼痛和性無能等一堆爛鳥事，你應該好好疼惜你老二本來的俏模樣。有空減一下肥吧！

17

The Queer Penis

酷兒酷屌

關於男同志的酷屌，永遠有說不完的故事。這些嗜男如命的大香腸，旺盛的生命力來自他們永不退讓的色膽。早熟的淘氣酷兒屌，從**12**歲開始就和其他的好奇屌屌一起鬥劍；剛冒出痘痘，就學會圍成一圈打手槍；**18**歲一到，就把腫脹的大屌兒塞進宿舍室友的嘴裡。最後，他們終於進入了最高境界，從溫柔又狂野的激烈熱吻中，探索進入彼此身體的性愛天堂。

最新消息！酷屌竟然也想定下來了。經過了這麼多年的慾海沉淪，許多酷兒屌主也想換跑道，體驗「一生一世」的幸福感。真是風水輪流轉啊！這些身經百戰的識途老屌，終於了解了一個真理：家花總比野花香。酷兒酷屌，終於也找到歸宿了。

The Straight Penis

異男異屌

蠢蠢欲動的小騷包們！歡迎來到濕黏滑溜的「異男的異想世界」。異男之屌打從青春期開始，就被陽剛的睪酮素追著逃，於是拚命地想找尋避風港躲起來。他們會鑽進絨毛枕頭裡胡鬧亂撞，或從一個豔麗的櫻桃小嘴中獲得一次美妙的口交。最後，他們會找到一個真心的女孩，和她完成一次充滿藝術感的美妙性愛。這些陽剛猛屌終於可以放輕鬆隨性做，在女性高潮歡愉的顫抖和浪吟中，異男之屌也跟著唱起小夜曲。具有冒險精神的異男屌，有時也會想敲敲女士們的後門，嚐嚐小屁屁的香辣滋味。

異男屌天生就學會了「貨比三家」，他們老是對健身房裡其他男人的屌兒打量個不停（猜測哪一根做過陰莖整型）。即使最異性戀、最憨厚的異男屌兒，也會向他的同志哥兒們討教一些「秀屌秘方」，學習如何修剪蛋蛋和屌上的毛，把那一叢原始的男性雜草，修飾成優美的流線造型，目的當然是要讓那根東西看起來更加碩大健美，讓它變成性感誘人的一大包。這些愛漂亮的異男屌兒，好像在告訴你：「我就是慾望之神！」

男人的平均數
THE AVERAGE MALE...

平均男人在15歲到60歲之間，會發射出28到47公升的精液，裡面包含了3500億到5000億個精子細胞。

平均射精量	半茶匙到一茶匙
主要成分	果糖
熱量	每茶匙5卡
蛋白質含量	每茶匙6百萬毫克
平均噴精次數	3至10次
平均射精速度	每小時40公里
平均噴精時間間隔	0.8秒
平均高潮時間	4秒
醫學記錄中最遠射程	70公分
健康男性射精平均精子細胞量	2至6億
不孕男性射精平均精子細胞量	5000萬
精子平均游速	每分鐘1到4公釐

烈焰中的巨球
Great Balls Of FIRE

✎ 男性睪丸的溫度約35℃，這樣的溫度提供一個精子量產的理想環境（如果你對繁殖下一代還有興趣，請避免在溫度太高的浴缸內泡澡，也不要穿著太緊繃的內褲）。 ✎ 百分之九十的男性荷爾蒙睪酮素，進入人體血管遍佈全身之前，都來自睪丸。 ✎ 歐洲地區男性睪丸的重量，大約是中國男性睪丸重量的兩倍。 ✎ 為了避免兩顆球一輩子互相頂撞，百分之八十五的男性，左邊的睪丸掛得比較低，通常也略大些。 ✎ 聖經中的老祖先們發誓的時候，會用手握住證人的睪丸，以示他們的誠信和誠實。英語「作證」（testify）和「證明」（testament）兩字的字根，都演繹自「睪丸」（testicle）這個字。 ✎ 英國近期的研究中顯示，大睪丸的男性，性行為的頻率比小蛋蛋的男性高出百分之三十；但是這些巨球男也最容易對伴侶不忠。 ✎ 中國皇宮裡的太監把割下的睪丸放在瓶子中保存，並且把它掛在脖子上展示。 ✎ 睪丸癌是治癒率最高的癌症，只要及早發現與治療，就很容易康復。因此，每個月自我檢查是非常必要的。洗完澡，陰囊皮膚放鬆時，最適合做睪丸自我檢查。 ✎ 睪丸需要溫柔的愛撫，男人也會享受睪丸被他人吸吮、按壓、拍打、拉扯。至於可以被玩到什麼程度呢？不用擔心，當他承受不了的時候，自然會淫聲喊停。 ✎ 每年九月，美國蒙大拿州有一個「創意睪丸節」（Original Testicle Festival）。節慶當中，大家要吃掉約4500個油炸牛睪丸，這些美味的蛋蛋又稱「山蠔」（Mountain Oyster），其光滑無骨的口感，入口即化。 ✎ 增加一下你的英文字彙吧！以下的單字都是代表「睪丸」，在日常生活對話中活用這些字，讓你英文程度更上層樓：**Family Jewels**（傳家寶）、**Nuts**（鳥蛋）、**Clangers**（可懶哥）、**Spunk Holders**（扶精器）、**Jizz Sack**（吉事包包）、**Cojones**（拉丁蛋蛋）、**Plums**（小李子）、**Kiwis**（奇異果）、**Hairy Prunes**（毛福梅）、**Fuzz Balls**（毛毛球）、**Sweet Sack**（甜甜袋）、**Poucheroo**（神奇小袋袋）、**Tea Bags**（茶包）、**Mike & Mo**（麥克與小謨）、**Melon Boys**（西瓜哥哥）。

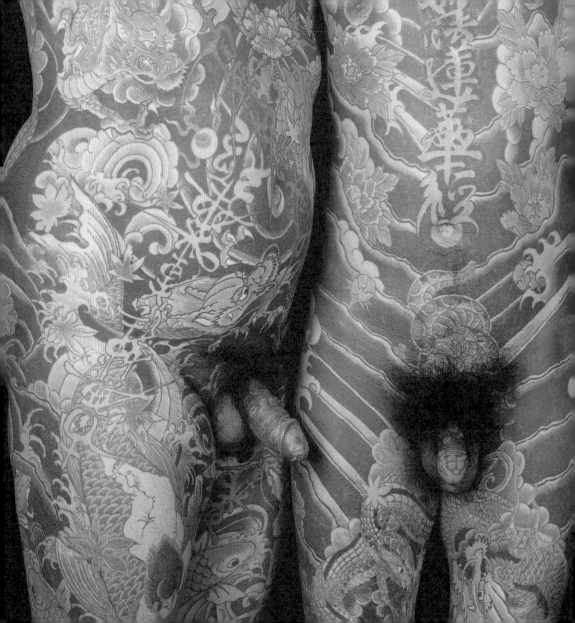

Taboo

「入れ墨」（Irezumi）是日本刺青男女的地下秘密組織。這群奇人藉由刺青藝術，讓自己的身體脫胎換骨，蛻變成活生生的藝術品。陰莖是刺青過程中最後動針的部位，通常也是最痛苦的階段，刺青大師對每個小細部都得精雕細琢。

全身刺青的人去世後，美麗的身體仍然繼續讓世人讚嘆。有三百多件全身或半身的人體刺青，被保存在密封的畫框、博物館或私人收藏。有興趣買個刺青帶回家嗎？幾年前，一幅半身的刺青，拍賣價高達五萬美元。

刺青

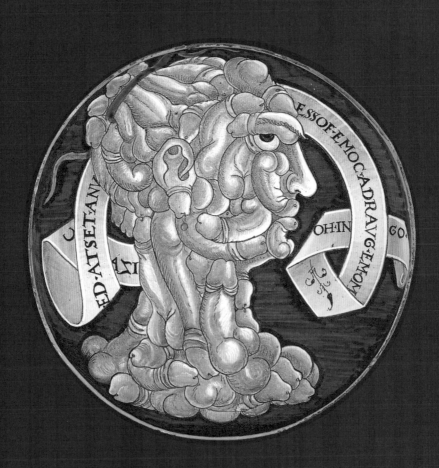

你說誰一臉屌樣？
Who are you calling a Dickhead？

歷史悠久的「艾許莫林藝術考古博物館」（Ashmolean Museum of Art and Archaeology）位於英國牛津大學，其外觀像個行動不便的老太婆，但建築物內部，卻又像個調皮搗蛋的辣妹。此處收藏一件十六世紀、風格猥褻又稀有的義大利馬約利卡陶盤，價值高達36萬美元。

這件文藝復興時期的藝術奇葩是出自1536年法蘭卻斯柯·尤賓諾（Francesco Urbino）之手，它是一件諧擬義大利古典美女風格的陶盤，盤面是聖潔的年輕女孩畫像。後方飄動的緞帶上，文字由右至左反向書寫著：Ogni homo me guarda come fosse una testa de cazi，中文的意思是：「男人看到我，好像我有一副屌樣子。」

仔細看，從畫像中你至少能數出34根屌，包括她右耳垂穿了耳洞的屌。一個荳蔻年華的少女，心裡面想到的男人屌，一定更多更誇張。多年來，這個屌樣少女，一直是蒙娜麗莎的勁敵。

好康到相報 Happy to report

關於男性勃起功能障礙的公開討論越來越多，也有越來越多的男性受到鼓舞，定期至醫院檢查性功能，並到可靠的藥房拿藥。告訴大家一件可喜的事：自從威而鋼上市之後，許多毫無用處的壯陽藥品需求量已逐漸縮減，虎鞭、犀牛鞭、象鞭以及許多用稀有動物的老二製成的壯陽藥，已經沒有市場。這些野生動物總算可以平安過日子了。

浪叫 / 鬼叫 Moan / groan

■一輛運送威而鋼的貨車遭到歹徒搶劫。警方正在尋找兩個「衝動」的嫌犯，希望將他們處以「強硬」的刑罰。

■你聽說過有人因嗑「威」過量而掛掉嗎？葬儀社甚至連續三天都無法把他的棺材蓋緊。

你並不孤單 You're not alone

全世界約有15,200萬個男人曾遭遇勃起障礙的問題，但是十分之九的人都不會尋求醫生協助。研究分析預計：到2006年之前，針對男性性功能障礙的市場總值，將達到5億美元。

哇咧！ Like wow

從今天起，你不會再看到垂頭喪氣的花了。一位以色列科學家發現，把威而鋼加進花瓶裡，已經剪斷莖的花朵竟然可以維持盛開，而且比一般使用氮肥的花朵多堅挺了一個星期。

發「威」的原理 How they work

威而鋼之類的藥物裡面都含有PDE-5酵素，對於陰莖動脈壁有放鬆和擴張作用，有助於陰莖充血。陰莖在如此的作用之下，開始脹大勃起。這時候，把血液帶離陰莖的靜脈開始壓縮，讓陰莖更加碩大。然而藥物畢竟是藥物，無論這種壯陽藥有多神奇，還是要在性刺激的狀態下才能發揮藥效。所以，一切的一切還是得回歸到男人的那顆色腦袋。

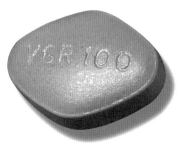

馬上給我站起來！
勃起**36**小時……
COMING RIGHT UP!
THE 36-HOUR ERECTION...

很久很久以前，在1998年男人還在為性無能痛苦的黑暗時期，一顆名叫威而鋼的藍色小藥丸，把男人從勃起障礙中救了出來，而且從床上一大步跳到世界舞台正中央。日常生活中開始出現一些不可思議的對話，例如「嘿！你軟了嗎？我也是啊！」這樣的對談變成最酷的時尚。如今，一根硬屌可以開始倒數計時45分鐘了。

全世界至今已經賣出一億顆威而鋼，造福了超過兩千萬的男性。威而鋼上市的那一年，獲得了諾貝爾獎最高榮譽。「威而鋼」這個單字也一路「插」進了最具權威性的「牛津英語字典」。但是解決男性勃起功能障礙的藥品，還在發展中。各門各派的較量競爭，比一根火紅的老二還熱。「樂威壯」（Levitra，一種可愛又調皮的橘色藥丸）藥效迅速，可以和食物一起食用。「犀利士」（Cialis，黃色的小傢伙）的支持者則聲稱能讓你連續一個星期都「性」致勃勃，而且可以36個小時保持旺盛的性能力。有史以來男人的自信心從沒像現在這麼滿足過。

在 紐 約 電 話 簿 中 ， 你 可 以 找 到 這 些 姓 氏 ：

12個WOODYS（硬屌）

1個ROD（男根）

3個SALAMIS（大香腸）

4個COCKS（屌）

4個COCKBURNS（熱屌）

11個DICKMANS（屌男）

4 個PECKERS（鳥）

1個PECKERMAN（鳥男）

29個DICKS（老二）

4個**PRICKETTS**（肉釘）

3個**HOSES**（大管）

1個**PISMAN**（尿男）

295個**FRANK**（雞巴）

85個**BALLS**（蛋蛋）

1個**BALLMAN**（睪男）

118個**DONGS**（巨根）

1個**HOSEMAN**（大管男）

124個**WIENERS**（雞雞）

4個**HARDONS**（硬根）

1個**PISSEAUX**（尿具）

屌言屌語 Cock Talk

男人如何看待自己那根寶貝

藍登
屌名：神氣勃雞

絕對優質：
大家都說我的老二很有個性，因為它總是一副半勃起的開心模樣……好像要跟你說話似的。

幻想空間：
勃雞很想再長高一點。我希望握住屌的時候，能更有充實感，就像那些西西里島的碼頭工人。雖然我不是義大利人，我是猶太人。

老二有話說：
我實在受夠那些黑不啦嘰、味道怪里怪氣的洞洞了。我只想啥事也不做地躺在陽光下度個假。

勃起長度：15公分

阿倫
屌名：棒棒糖

自我介紹：
我的小兒子認為我的老二是全世界最大的，他迫不及待想要有一根和我一樣的大老二。我老婆覺得我的老二很可愛，但她希望它能勤快些，別讓她這麼沮喪。

真心話：
我總是覺得疲累。現在我出差的時候，甚至都不想打手槍了。我以前曾經和我的老二有過一段愉快的時光，但是現在，我只是拿來撒尿和甩尿。

老二的心聲：
我已經受不了你兒子尖叫個不停。你應該跟你的女人出去走走……或做些什麼別的事。

勃起長度：16.5公分

艾德瓦多
屌名：海怪

大家都說讚：
感謝聖母賜予我一根超級巨屌。有些女人看到我的屌，就嚇得花容失色，但是當她們在我的屌上馳騁時，卻爽得像攀上了世界第一高峰。

改善空間：
每次我興奮時，我的老二就變成很恐怖的紫色，怪模怪樣，好像噎著了。

大屌想對我說：
豬頭！你不戴套套是想早日投胎變成真的豬頭嗎？

勃起長度：22公分

范塔夏（魯本）
屌名：小騷貨

嚇一跳吧：
你絕對不會相信，很多男人都喜歡有屌的美眉呢。我們這種人啥都有了，不但擁有女孩子的溫柔婉約，還有一根硬傢伙。只要我們高興，隨時可以硬給你看。

我好困惑：
老二是我過去男兒身最後的紀念品。我想把它留在身邊，因為它讓我獨樹一格。可是有時候，多一根屌在身上，還真覺得怪怪的，唉！真不知道該怎麼辦說。

小騷貨語錄：
跟妳在一起，永遠樂翻天。

勃起長度：13公分

米奇
屌名：米開朗基羅

絕對加分：
我的老二質地光滑細緻，色澤均勻優美。很多人說它像一座雕像，但是我這座雕像可是有體溫的，還能讓你摸個夠。

希望有一天……
我可以再多個5公分。因為能夠看到自己的屌進進出出，是最讓我興奮的事了，好像一面說哈囉，一面說再見。

老二的心聲：
我快被你操死了啦！請輕輕地把我拍乾淨，不要老是拿一條爛毛巾往我身上亂擦一通。當我射出不來的時候，請你保持耐性，不要亂發脾氣。

勃起長度：15公分

哈利
屌名：斷頭的華德·迪士尼

哥倆好，一對寶：
老二和我是67年的老朋友了，到現在我們還經常一起廝混，但沒以前那麼瘋狂了。我老婆每天至少都要和它玩一次親親，她覺得我的老二娛樂性十足。

青春不再 ……
真希望年輕的時候有更多性冒險。我覺得自己的性經歷還不夠多，我的老二應該享受更多痛快才對。

老二的心願：
求求你買幾條新內褲吧！你那些黃埔大內褲，二十年前就過時啦！

勃起時長度：16.5公分

SCHWANZ

▲德語

ANDER

▲亞美尼亞語

TITOLA

▲西班牙加泰隆尼亞語

PISCHKA

▲保加利亞語

POUTSOS

▲希臘語

PIKK

▲挪威語

ZAYIN

▲希伯來語

CHU

▲捷克語

PLASSER

▲荷蘭語

AYIR

▲阿拉伯語

CAZZO

▲義大利語

CACETE

▲葡萄牙語

ORTABACAK

▲土耳其語

TITTLINGUR

▲冰島語

KONTOL

▲印尼語

KUK

PULA

▲羅馬尼亞語

▲瑞典語

KULLI
▲ 芬蘭語

CHUJ
▲ 波蘭語

KIR
▲ 波斯語

FASZ
▲ 匈牙利語

MUNN
▲ 愛沙尼亞語

KHUY
▲ 烏克蘭語

PENE
▲ 西班牙語

PUTZ
▲ 猶太語

TISSEMAND
▲ 丹麥語

KACO
▲ 世界語

YINJING
▲ 普通話中文

CHINCHIN
▲ 日本語

DON'T POINT.
SAY IT !
用嘴說，不用手指

LAVDA
▲ 印度語

KHUY
語

GAUL
▲ 粵語

BITE
▲ 法語

LANJIAO
▲ 台灣語

COCK
▲ 英語

喂！坐上來，讓我幫你好好吹。

"Hey, hop on over to my pad and I'll give you a blow job."

古希臘人用一個比較詩意的字眼「吹笛子」來描述這檔事，而印度古書《愛經》（Kama Sutra）所用的字則是ambarchusi，字面上的意思是「吸芒果」。

「口交」（fellatio）的英語字根源於拉丁文的動詞：fellare，意思是「吸」。自古以來，口交一直是個非常普及的性娛樂，因為實在是操作容易又讓人滿足。「口交」的概念簡單的很，就是「嘴裡放根屌」。你可以在電梯裡來個速戰速決的性高潮，或躺在絲絨床上，彼此用69姿勢合為一體，在相互吸吮中共享歡愉。有些男人喜歡全裸坐在廚房的流理台上，讓別人幫他吹得爽到翻。還有很多男人喜歡被玩睪丸，或屁眼被手指塞入。也有人在口交時，把熱水和冰塊輪流放進嘴裡，讓男人的屌同時體驗赤道的熱浪和南極的酷寒，也就是所謂的「冰火九重天」。

很多男人無法從口交中達到高潮，無論對方的舌頭有多麼靈巧，他們不射就是不射。沒有關係！吹簫只不過是性愛菜單上的一道菜而已，並不是每個人都像愛吃糖那樣愛吞精。況且，口交並非安全性行為的理想模式。

愛你那一包！

LOVE THAT BULGE!

用珠寶裝飾成的堅硬護甲罩住你褲檔的重要部位，很雍容華貴吧！對於十五、十六世紀的皇族、軍人和上流紳士，這種虛張聲勢的跨下「激凸」，是炫耀男性陽剛氣質的虛榮象徵。而這種視覺比例極度誇張的跨下護甲，也逐漸演變成軍人戰袍的一部分，藉此向敵人示威，讓敵人見屌喪膽。戰事平息後，護甲擴充成兩倍大的口袋，用來裝彈藥。傳說亨利八世把浸泡過藥水的繃帶，塞在自己誇張的那一大包裡面，用來治療梅毒。

歡樂健康又美味！這塊男性突起，永遠是快快樂樂的一大包。以前百貨公司的產品目錄上，男性內褲的圖片完全感覺不到那一大包的存在（他們用一片白麵包塞進前方褲袋，把男性那一包整個掩蓋住）。漸漸地，滾石合唱團的主唱米克傑格（**Mick Jagger**）用搖滾樂和汗水浸濕了褲檔，展現那一包的性感和陽剛；芬蘭湯姆（**Tom of Finland**）則把那一大包的質與量，延伸到褲襠拉鍊可容納的最大極限；卡文克萊的男性內衣則在紐約時代廣場的巨型廣告看板上，散發出濃烈的男性睪酮素；澳洲救生員的那一包，也令人對他們的水底英姿產生無限的遐思。美麗的男人大包啊！真是春光無限，無所不在，讓你眼睛的視線順著那優美的弧度移動，飽覽男人的美好風光。

PAINT YOUR

粉刷牆壁現在開始！

WALLS

Ivory Tower

象牙白巨塔

Cockeyed Curry

雞雞咖哩餐

Manly Mahogany

剛猛桃花木

Mocha Cream

香濃摩卡奶

NEW

豪華精美表面處理
DELUXE FAUX FINISHES

百無禁忌、物超所值！

TO MATCH YOUR

讓屌色和牆面相互輝映

PENIS

Prickly Pink

滑嫩粉紅頭

Raging Red

血脈賁張紅

Honey Pie

濃稠花蜜香

Pouting Purple

激凸紫大鵰

陰毛茸茸

雀斑鳥頭

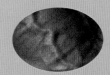

青筋暴露

凱斯・哈林（Keith Haring）1989年為紐約「同志社區服務中心」的浴室所創作的壁畫。

Employee Of The Month
LUCKY DRAGON PENIS FACTORY

本月最佳員工 / 福龍跳屌玩具工廠

「唉呀！我每天都在做這些玩具跳屄啊……這些屄會跳唷！有時候啊，這玩具屄的腳掉了下來，彈簧就『噗』一聲彈出來，剛好打到我的老眼上！老闆說啊：『妳的動作越快，做出來的快樂跳屄就越多。』我每天可以做出三百個跳屄呢！但老闆卻說：『不夠！不夠！還要更多。』我隔壁的王梅說她做的屄跳得最高，我說：『妳長得就像根屄。』她就發起脾氣，可她又突然笑個不停。我下了工回家啊，就煮蛋花湯給我老伴兒吃，我三年沒見著他的屄嘍！」

李晴

45

The Jockstrap

運 動 型 後 空 內 褲

男人在12歲到60歲之間，平均會擁有六條運動型後空內褲。

運動型後空內褲起源於1847年，當時的單車網工廠（The Bike Web Manufacturing Company）設計了一種運動用的護身裝備，以緩和單車騎士（jockey）在波士頓石子路上騎車所產生的疼痛和不適。「bike jockey strap」（單車騎士的護帶）這個英語字詞，很快就演化成了「jockstrap」（運動型後空內褲）這個單字。從此，保護男性重點部位的商品，正式宣布開跑。

還記得你高中時為了上體育課，第一次向老爸要求買後空褲的尷尬場面嗎？老爸慈祥地回答你：「得保護好你的蛋蛋啊！」然後遞給你這個撩人的新玩意兒，整個學期，你的置物櫃都飄散著這股性感的氣息。

女性福音！莎薇（Savvy）女用內褲推出了女性護杯，這個新設計可以預防骨盆部位的傷害。現在上市的顏色：白色。維多利亞的秘密（Victoria's Secret，另一知名女性內衣品牌），你們要小心了，看看人家為女性安全所做的努力，市場快被搶走啦！

你對穿過還沒洗的內褲有特殊喜好嗎？放心！你不是唯一有此雅癖的人。網路上一堆像你這種有著多元品味，而且對汗香、體香情有獨鍾的內褲回收使用者。（上網搜尋這個關鍵字：athletic supporters）

睪丸包含了男性身體最偉大的神經。機靈的運動員會在內褲裡加了一個堅硬的護杯，如果你吃軟不吃硬，可以改用有彈性的柔韌護墊，或在裡面穿一件舞台用的伸縮短褲。然而最大的挑戰其實是：如何說服菜鳥運動員脫掉四角褲，穿上露出屁屁的運動型後空內褲。

現在
它是既小
而柔軟了，
像個生命的
小蓓蕾似的！

" And now
he's tiny, and
soft like a
little bud
of life!"

D. H. 勞倫斯，《查泰萊夫人的情人》（第十四章）

史上最大包莖論戰 THE GREAT CIRCUMCISION DEBATE

二十五年前，百分之九十的美國嬰兒出生不久後，就和他們素未謀面的包皮說掰掰了。今日，喀嚓一聲包皮應聲而去，已不再是標準程序。包皮大反擊的時候到了！贊成或反對割包皮？露龜還是不露龜？由你自己決定吧！

先回顧一下過去的傳統觀念：如果大衛王、寇克道格拉斯、查理王子割了包皮都沒事，為何要改變現狀呢？鼓吹割包皮的一方提出詳盡的資料，證明割包皮是有益健康之舉。有割包皮的嬰兒比較不容易感染泌尿方面的疾病，也可防止陰莖癌、龜頭包皮炎（包皮或龜頭發炎，通常是因為不衛生所導致）。研究並指出：割過包皮的男性，感染皰疹、梅毒和不安全性行為所導致的愛滋病毒，機率都減半。況且，成千上萬的人都愛死了那種露在外面，像蘑菇般肥碩的大龜頭。

反割包皮人士並沒有沈默退縮。他們認為：嬰兒割包皮是一種傷害陰莖的非人道行為（通常都在沒有麻醉的情況下進行）。他們並宣稱：只要改善衛生，包皮的疾病和感染自然會減少。主張保持陰莖原本模樣的人則聲稱：許多神經的終點都在包皮，這些神經的流動，大大地增強了男性的性快感。包皮還能保護潤滑龜頭，割掉包皮的陰莖過幾年之後，通常敏感度會降低。所以最後的重點是：既然包皮是這麼好的東西，為什麼要急著把它拋棄呢？

包皮**大特價**
Foreskins for **Sale**

新鮮人肝	現挖人心	大特賣！腎臟雜匯　每斤2.49元	新鮮包皮
每斤3.39元	半斤3.29元	大特賣！進口骨髓　每斤2.69元	100公克只要0.99元
			只有今天！不買可惜！

你可曾想過？小嬰兒的包皮被割掉之後，醫院會怎麼處理那塊皮？事實上，這珍貴搶手的小傢伙，多半沒有直接奔向垃圾桶。

過去二、三十年間，成千上萬片被拋棄的包皮都被賣給了製藥廠和生物研究實驗室。這些機構需要新鮮年輕的皮膚，作為醫學研究以及人造皮膚科技實驗。一塊郵票大小的包皮內含的基因物質，足以培養出20萬單位的人造皮膚。

在許多人眼裡，實驗室用活人的皮膚和表皮細胞製造出來的人造皮膚，是一項非常不可思議的成就，也開拓了燒燙傷和外傷治療的新領域。但是對於那些原本就認為割包皮是野蠻行為的人，如此「養殖」皮膚的勾當，甚至是更嚴重的侵犯。他們會質疑：嬰兒包皮手術之後，到底誰才是這塊皮的合法持有人？醫院未經嬰兒父母的許可，就私自轉售圖利，這樣做合乎倫常嗎？

...meeth, *v.t.* to smooth. [...]

smeg′mȧ, *n.* [Gr. *smēgma*, soap.] in physiology, a thick, cheesy secretion found under the prepuce in males and around the clitoris and labia minora in females.

smeg·mat′iç, *a.* being of the nature of...

...smelled or sm...

【smegma】：包皮垢或陰蒂垢，生理學名詞。包皮內面皮脂腺、汗腺等等分泌物陳積所形成乳酪狀的物質，常堆積在男性包皮、女性陰蒂和小陰唇處。

上天給了我一根屌和一顆腦袋，
但全身的血液一次只夠跑一個地方！
"God gave us a penis and a brain,
but only enough blood to run one at a time."
羅賓·威廉斯（美國演員）

女人要的是什麼？你最清楚了

想當個「大」男孩嗎？

讓你多個美妙的**5公分**，無效退錢！

人人都愛大老二

別家都是騙方，我們才是王道

眼大你的男根魅力，現在正是時候

準備好來一根超級大屌了嗎？

老二仙丹在此！

尺寸絕對重要

愛情要夠粗夠大，感恩！

讓你男根增大百分之二十

為你的巨根行三鞠躬禮

經醫學證實，不可思議的陽具增大器

嘿！你褲子裡那包鼓的是啥？

再小的東西，我們都有辦法讓他大起來

你一直想要的第三條腿

秀出你的大屌，就從這裡開始

如果

每一個陰莖

增大術的廣告

可以讓我的老二

多長一吋……

那麼

只需要一年的時間

我的老二

就會有

一公里長了！

喂！你這個野獸，像馬一樣粗吧！

別讓那「小」東西嚇跑了愛人

醫學界的奇蹟

每一天每一月，讓你的老二與日俱增

「屌肉通訊」十八歲以下請勿閱讀

我大故我在

瑞士有機陰莖增大療法

「大屌、更大的屌、最大的屌」網站

大到把喉嚨都給噎住了

巨龍大夫的陰莖增大獨門秘方

為你的愛情增加兩時甜蜜

免開刀、無負擔、不是在唬你喔！

沒錯！你的大屌正在等著你

陰莖增大草本原理

當個愛現的男人，也當個長大的男人

綢繆你的丁字褲吧！

以上文字乃取自可笑的陰莖增大廣告，還些偉大不實的文字，每週保守估計會出現十個。

59

THERE'LL BE NO

WET DREAMS

本場所
禁止夢遺

IN THIS HOUSE !

男孩子大約在13歲時，他的精液工廠開始進入量產期。在睪酮素燃料的推進之下，全世界的年輕男孩晚上睡覺時，都突然被無法控制的火山爆發給驚醒，這種生理現象稱為「夢遺」（nocturnal emissions）。我的媽啊！射出來的感覺真是有夠爽的！但是，該怎麼跟老媽解釋床單和睡衣上，結成硬塊的污漬呢？

在所謂的啟蒙時代，夢遺和高頻率的自慰都被視為成長過程中的自然儀式，就像長青春痘和陰毛一樣。但是到了十九世紀末，歐美醫學權威卻斷言：太過頻繁的洩精，會導致大腦遲緩，生殖器萎縮。「耗損人體最具生命力的體液」，害你年紀輕輕就死翹翹。

這些恐怖的警語催生了一種新產品：抗夢遺裝備。這新玩意兒操作非常簡單，脹大的陰莖會受到警訊而縮回去，以免射出精液，白白浪費掉。可憐的男孩上床之前，得在屌上套一個「**定時警告器**」，如左圖。這是1905年紐約衛生部長傳提博士（Dr. Foote's）的邪惡發明。男孩晚上一旦勃起，威脅老二的鋁質鋸齒，會把你最浪漫的春夢，變成最恐怖的地獄。

尿道（urethra）是陰莖世界中的主要幹線，從膀胱（bladder）一路通到陰莖出口。尿液和精液都在尿道中流動，但是兩者不會同時行動。

前列腺（prostate）是男人的性感帶，當前列腺受到刺激，男性會享受到無限的暢快。這個栗子大小的腺體，會製造淡薄的水質流體，也就是精液的主要成分。太大的前列腺會阻礙男人的尿流，讓尿尿變成用滴的。每年定期做直腸數位檢查和前列腺血液檢驗，即可降低前列腺疾病。

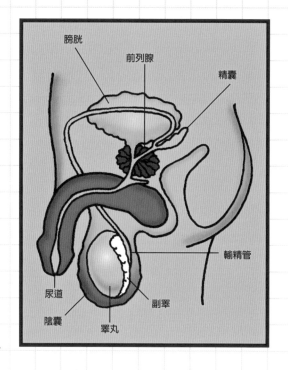

膀胱
前列腺
精囊
輸精管
尿道
陰囊
副睪
睪丸

兩條輸精管（vas deferens）把精液從睪丸輸送到尿道，結紮就是在輸精管上動手腳。這是非常普遍的節育方式，原理是把一小截輸精管切斷，讓千百萬精子無路可出。

睪丸（testicles）後方的副睪（epididymis），是個充滿著管路的器官。成熟的精子正式上路進入輸精管前，可以在這兒小小休憩片刻。

陰莖海綿主體（corpora
cavernosa）。性刺激的
時候，這兩塊巨大的海
綿柱會誇張地膨脹擴
大，此時陰莖內的充血
量是未勃起前的十倍。
這種流體動力視覺奇
觀，也會在睡眠時繼
續。睡眠中的男性，約
每隔70到100分鐘會勃
起一次，這和春夢無
關，只是陰莖注入了含
氧的新鮮血液而再度生
氣勃勃。

P.S. 雖然陰莖有個俗語
叫「骨子」（boner），但
是陰莖是沒有骨頭的。

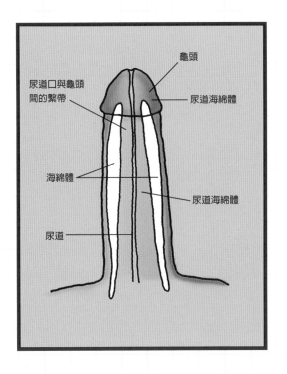

龜頭

尿道口與龜頭
間的繫帶

尿道海綿體

海綿體

尿道海綿體

尿道

龜頭是陰莖的頭部，裡
面包含柔軟的組織結
構，叫做尿道海綿體
（corpus spongiosum）。

龜頭（glans）這個字來
自拉丁文，意思是「橡
實」。

龜頭下方和陰莖後方有
一條繫帶（frenulum），
那是最敏感的部位，也
是快感的來源。

男性如廁禮儀
Urinal Etiquette

尿尿的時候，戒掉用口哨吹「我愛的男人」（The Man I Love）這首歌。

碰到人的時候，避免說出「很高興在這裡見到你」。

如果你想放屁，避免放長屁。

如果逼不得已必須用兒童小便斗尿尿，請不要用跪姿撒尿。

如果你旁邊的男人因為有人在身旁而害羞尿不出來，

請不要說：「都是你的『頭』在胡思亂想。」

要是有人在你後面排隊等著尿尿，請注意禮節，

屌不要甩超過三次，別讓後面的人等太久。

別妄想用烘手機烘乾褲子上的尿漬，

用一份報紙或一頂高級毛線禮帽，遮住你褲子上的那一灘水。

求人不如求己
DO IT YOURSELF

這場春秋大夢大概是這麼開始的： 你在家裡面，脫得精光坐在椅子上，只有一根勃起的 **大老二** 與你為伴。你把頭低了下來……然後，驚異地發現，你竟然可以不費吹灰之力，就**吃到**自己

的屌頭。於是你對自己說：「我的乖乖！原來是這麼簡單喔！沒什麼大不了嘛，早知道就多多練習這把戲。」唉！這

就是為什麼我們要說這個故事是春秋大夢了，除非你生在馬戲班家庭，關節已經練到可以折疊；否則，想吃到自己的

屌？難喔！不過你可以教唆一個沒嘗試過吃自己屌的男人試試，看他會有什麼愚蠢的表現。

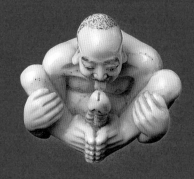

記得17歲那年，我曾經用鼻尖碰到我的老二。

我現在43歲了，每次做粗活的時候，還常全身抽筋。

路易維爾市／艾力克斯

真想吸到自己的屌，

那簡直是比當一個酷兒還酷！

達拉斯市／安東尼

我女朋友說，只要我能表演吸自己的屌給她看，她就請我去墨西哥玩。

但以目前的程度，我只能去紐約柯尼島。

紐約／胡里歐

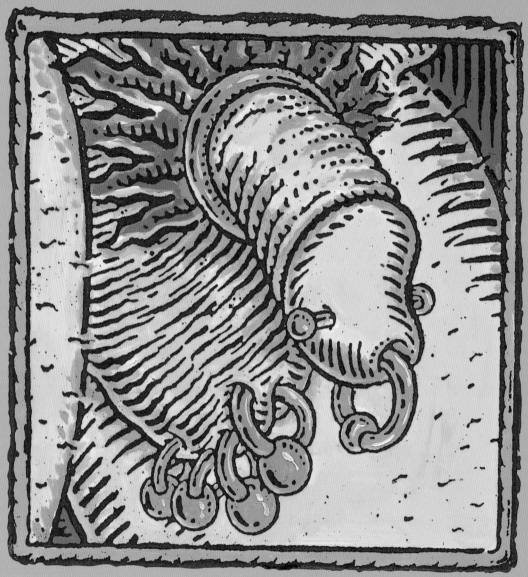

亞伯親王，你這個變態

Prince Albert, you kinky devil.

唉唷喂！

如果你從沒看過穿了洞的老二，那很正常。但為什麼有人會把這種穿洞的老二稱為「維多利亞女皇的老公」（the husband of Queen Victoria）呢？

在一些歷史文件和私人手札的記載中，英國維多利亞時期許多上流社會的紳士，會用一種「穿衣環」穿在自己的老二上，這種屌環的目的，是為了把老二固定在褲管，以避免腫脹的激凸醜態。（現在你是不是很慶幸，沒有出生在那種年代？）

今天，激凸是被世人歌頌讚美的，穿屌洞也空前地風行全球。屌洞的愛好者聲稱：穿屌洞可以刺激龜頭頂點的神經，強化高潮的感覺。而他們的女伴，也陶醉地說起屌洞男的無限快意和那種更加突刺的快感。事實上，很多女人根本不想在那些沒有穿洞的屌上浪費時間。如果你也想在下半身穿金戴銀，有些基本術語最好先知道一下：穿在龜頭上最典型的屌環叫「亞伯親王」（Prince Albert）；穿透龜頭那根槓鈴叫「愛葩啦」（ampallang），另一說法是「愛葩抓呀」（apadravya）；掛在陰囊上那些亮亮的小可愛，叫做「哈發達人」（hafadas）；穿在會陰部的環環，叫做「奇趣餅」（quiche）；當然還有你的最愛，就是套在你那根上的「屌環」（cock ring），不但可以促進勃起，更讓你的屌在視覺上鶴立雞群。好了！萬事具備，可以開始鑽洞了！這些屌玩意兒最酷的一點就是：你搭飛機時，完全不用擔心金屬探測器，因為外科用的不銹鋼，並不會被雷達感應到。你可以大搖大擺地通關，沒有人會知道。

預算多少？

在紐約曼哈頓最另類的東村，穿個屌環或屄環大概要30美金，一分錢一分貨，若要有珠寶裝飾的，就得從40美金起跳。內陰唇和陰唇穿洞的價錢是一樣的。

會不會痛？

相信很多男人讀到了這一頁，手肯定緊護著跨下。穿「亞伯親王」其實沒那麼痛啦，要比的話，穿乳環更痛。

穿了洞怎麼尿尿？

當心喔！你以前尿尿是一條筆直的流線，現在你的尿可能像在澆花，淅哩嘩啦四處流竄。尿尿時，請靠近小便斗；而且，最前面那幾滴尿，一定會讓你感到一陣刺痛。

驚人華麗派 *fabulous* ・ 庸俗淫穢派 *sleezy* ・ 老式古意派 *old-fashioned*

給男性的性愛指導

大家一起來自慰 Masturbate together

一個人自慰當然好，但是有個伴就好像在基本餐點上加入美味的香料。集體自慰是豐富多元的性愛大餐，你可以同時享受到暴露狂、性怪癖、自我中心、呻吟，你的性焦慮也會降到最低。大夥可以面對面躺在床上，或是分佔臥室的兩端（在世界的兩端也行）。大門記得上鎖，然後你們就可以開始了，不時看看你的手槍同黨進行到哪個階段了。

性幻想，幻想性 Fantasize: anything goes

記得那個穿緊身衣、線條一覽無遺的可口實習生嗎？還有那個快遞公司的猛男送貨員？跟他來個汗水淋漓的熱吻吧！或許你喜歡棕櫚泉豔陽天游泳池畔的A片，人人都塗著亮閃閃的防曬油，進行美妙刺激的性愛。男生啊！把這些美好的事物全帶上床吧！性幻想是全世界最屌的催情聖品，有了性幻想，你可以和任何人在任何地方做愛，不但對自己伴侶的保持忠實，也不會染病。發揮你的創造力，解放你色情的腦子吧！

世紀之聲 *new-age* ‧ 速戰速決派 *quick & easy* ‧ 慢工細活派 *nice & slow*

SEX TIPS FOR GUYS

插進陽光照不到的地方 Stick it where the sun don't shine
我們知道你腦子裡在想什麼。但請用另類思考再想一下……那
些進不了大賣場的情趣用品和性玩具的神奇世界。性愛道具
真是個俗豔又美妙的東西，例如電動按摩器，或是有你夢中
情人親筆簽名的真實尺寸玩具私處。但是，幹嘛浪費電
池，一點也不環保。你也可以插進多汁的蜜瓜，或是外賣店買來
的大亨堡，這些都可能是最滑不溜丟的刺激性愛玩具。
良心的建議：不要用吸塵器，也別隨便插進不明樹洞（你永遠不知道
會有什麼東西潛伏在裡面）。

放輕鬆，慢慢做 Slow down and enjoy the ride
根據金賽博士的研究，人類平均性交的時間只有兩分鐘。做愛又不是趕火車，不用著
急，多花點時間慢慢做。當你快要射的時候，馬上放慢抽送速度，深呼吸一下。
拉扯一下蛋蛋，能幫你延緩高潮，也可以壓一下屌頭，等火山暫時平息再開始
衝刺，然後再暫停、再衝刺、再暫停……訓練自己的技巧，享受那種沒有射
精，卻有多重小高潮的愉悅經驗。在大爆炸來臨之前，這些小波動都是可口
的開胃菜。

保險套真的保險嗎？

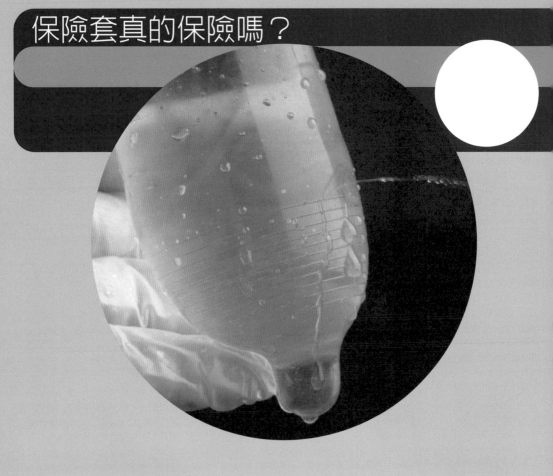

驚人的事實 The facts are shocking！

保險套工廠的品管人員只有一個準則：不完美就淘汰！（或許保險套業者應該和汽車業者好好交流一下）。全球保險套帝國最厲害的高手，其實正是這些力求完美、擇善固執的品管人員。他們堅持品質，嚴格把關，要求每個出廠的套套，都必須符合的「國際標準組織」的品管要求。

第一道測試：電擊測試

每個剛從生產線下來的保險套，必須先在一個金屬材質表面上伸展開來，然後以高壓電震擊。在電光石火間，如果橡膠膜上發現任何一個微小的缺陷，這個套套馬上就被丟掉。

第二道測試：氣泡測試

這項測試一半是科學原理，一半是模擬汽車撞擊測試，目的在檢驗保險套的強度和彈性。在每批新出廠的樣品中，充入定量的空氣，直到套套爆炸裂開，如果爆開的時間太早，這整批產品也要被丟棄。

第三道測試：水氣測試

在樣本中充入300毫升的水，測試套套有沒有漏洞。靜置三分鐘後，再把樣本擺到一張吸水紙上，捲動樣本，看看有無水氣出現。如果吸水紙上出現幾個小水滴，整批保險套只好進垃圾桶。

第四道測試：老化測試

在這項測試過程中，把樣本利用人工方式迅速「老化」。方法是：將樣本放在高溫下模擬老化過程，測試保險套在「五年有效期」後的產品狀況。如果這些「老」傢伙無法合乎標準，對不起，這裡可沒有養老院，請直接拜訪清潔大隊吧。

吸煙者
性無能的機率，
是不吸煙者的
兩倍。

吸煙不吸煙，

勃起不勃起

Erections-they're going up in smoke.

好萊塢電影裡經常出現一種很老套的情節：一對伴侶翻雲覆雨後，各自點起一根煙，開始吞雲吐霧，享受性愛後的輕鬆。這實在非常諷刺，因為導致性無能最大的原因，其實就是吸煙！

醫學研究已經證實，吸煙者勃起功能障礙以及性冷感的機率，是不吸煙者的兩倍。這個令人驚惶失措的事實，並沒有出現在香煙外包裝上的恐怖警語中，大部分的煙槍寧願視而不見。香煙會傷害陰莖血管組織，阻礙健康的血液流入陰莖，也阻礙了男人的勃起功能。陰莖內的血管，比通往心臟的血管更細窄，因此老煙槍的陰莖，肯定受到嚴重的影響。如果一個人的吸煙量可以大到讓屌不舉，這個人離心臟病大概也不遠了。

許多30歲以下的吸煙族拒絕戒煙，因為他們不怕吸煙會傷害心臟和肺部；但是對於陽痿的恐懼，卻激發出了一股可觀的新反煙風潮。成敗操之在你！看你是要一天兩包煙，還是要在床上衝鋒陷陣？想一想吧！

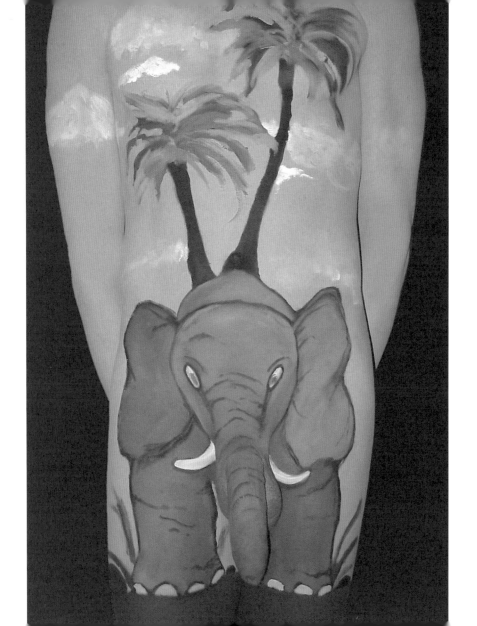

NOODLES IN THE NEWS

屌在八卦中

食屌魚飢不擇食
兩漁夫斷根喪命

巴布亞新幾內亞地區的兩
名漁夫,在斯匹克河
被溪魚咬斷陰莖,兩
人因失血過多宣告
不治。這兩名男子在
河中小解,凶猛的小
魚旋即警覺到河水的化學
變化,游至溫度較暖的黃色水
流區域,以鯊魚般的利齒,咬下了兩人的命根子。

校車司機為屌
掌摑學童 !!

美國蒙大拿一名校車司機遭指
控掌摑一位12歲兒童,因該學
童在車上一直嚷著「陰莖」這
個字。這個男孩堅持「陰莖」
是科學字彙,並非淫穢的字
眼。目前已有另一位態度比較
冷靜的司機,接手了這輛校車
的接送工作。

多打手槍
遠離前列腺癌

澳洲墨爾本一份以兩千多名男性為樣本所做的調查中顯示：20歲到40歲之間經常射精的男子，比較不容易罹患前列腺癌。愛打手槍的年輕射手，晚年得前列腺癌的機率，是「守精如玉」男子的三分之一。該份研究指出：常射精可以避免前列腺囤積太多精液，也減少產生致癌物的機會。這項研究可說是在昭告天下男性：導管暢通，有益無害。

冰島陽具博物館
迎接人類大雞雞

冰島首都雷克雅維克的市中心，一座僅客廳大小的博物館內，驕傲地展示了七十多種動物的陽具，共計180根。這些乾枯皺縮的陰莖標本，來自海豚、北極狐狸、黑鼠和白鯨等動物。標本注入矽膠保持外型，並浸泡在福馬林中保鮮，或以匾額立牌展示。然而，一種最珍貴的物種加入展覽之後，其他動物的屌都將黯然失色：那就是人類的屌。可惜的是，這位願意慷慨捐屌的男子，仍然生龍活虎、身體健康，看來要等到他有能力捐出老二，還有的等哩。

馬槽聖地，人羊獸交

美國西維吉尼亞，查理斯頓市有名三十歲的男子，闖入當地一個慶祝耶誕的馬槽展場，進行人獸交行為，隨後遭警方逮捕。這座以實物搭成的馬槽是為了重現基督誕生的故事，卻遭男子闖入和裡面活生生的羊發生性關係。檢警單位以擅闖私人領地、破壞他人財產及虐待動物三項罪名，起訴這名男子。嫌犯將接受兩年緩刑及精神治療。而這隻不願透露姓名的受害「羊」，也正在接受心理輔導中。

一名男子在飯店大廳排隊等著登記住房，手機突然間響了。正當他手忙腳亂地從口袋裡掏電話，一不小心將手肘撞到前面女士的胸部，兩人都嚇了一跳。這個男人對女士說：「小姐，如果妳的心和妳的乳房一樣柔軟，我知道妳會原諒我的。」女士回答：「如果你的老二和你的手肘一樣硬，我住827號房。」

到我這年紀，連看到硬幣都會嫉妒。

"At my age, I'm envious of a stiff wind"

羅德尼‧丹傑菲（**1921～2004**，美國喜劇演員，代表作有魔鬼接班人、閃靈殺手）

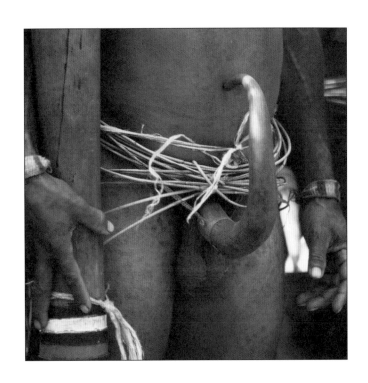

假如我 If I

我會覺得很失落，好像失去一個好朋友。

克勞德／休士頓

我老婆會鬆一口氣。

因為每天早上醒過來的時候，

我不會再用一根硬屌頂著她的背。

巴奇／明尼亞波利

我知道這樣講很奇怪，但是我覺得現在我會變成一個更好的情人。

性愛不會再像老二打轉，

我會花更多時間親吻我的女友，

總是繞著我的老二打轉，我會覺得我變得是好的情人。

幫她按摩，聽她說話。我相信她會更得到多的滿足，至於我自己......我就不知道了。

didn't have a

penis

沒

蛋

那我該擺哪裡呢？

比利／肯諾沙

我想我不會有今天的成就，其實我是這樣覺得啦，沒有老二、就沒有大辦公室，老二、蛋蛋、睪丸素、財富都是一體的，這樣講有道理吧？

湯姆／邁阿密

我
一定要常常出去散步，然後在樹後面小便。我還要在小巷子裡撒尿，或在車上把紙杯裝滿尿。我想做任何跟尿有關的事。
露絲／紐約

我
想跑到一條最熱鬧的街上，一面走路，一面在眾人面前「喬」老二，我要享受這種樂趣。或者站在鏡子面看自己的陰莖……我是說，看著自己勃起的老二，那真是又興奮又色情。
法蘭絲娃／巴塞隆納

我
要請Prada為我設計一款漂亮的皮丁字褲。
琳達／西港

老
天爺，沒有那玩意兒已經夠我迷惑了，萬一真的有那一根，那還得了啊！
琳恩／聖塔菲

我
要跟我的上司一起走進廁所，站在他旁邊的小便斗尿尿。順便跟他談論臭男人的話題，然後用力甩尿，拉上拉鍊走回辦公室，好像這是全世界最稀鬆平常的事。
蘿妮／舊金山

我
要趕快找個美女跟她做愛，因為我想體驗男人做愛的感覺。我很想知道自己會比較喜歡女人的屁屁還是乳房。
蘇西／芝加哥

我
想，捐精子是件滿酷的事……可是如果我身上有一部分在別的地方，我可能會一直想個不停。
珍娜／吐桑城

89

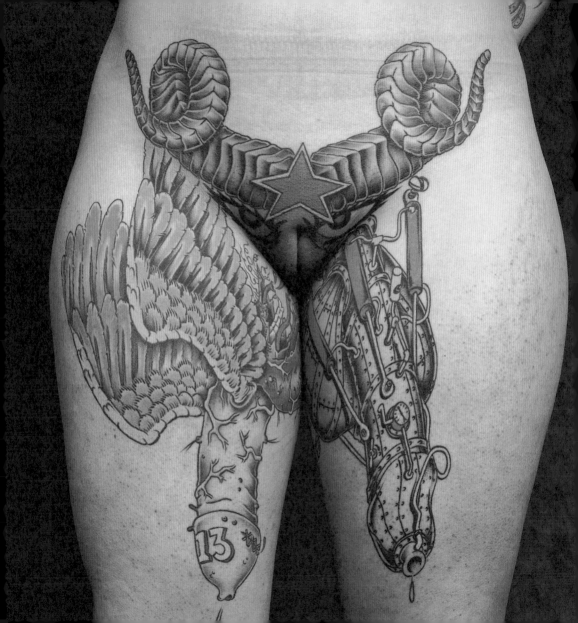

陽具妒忌？ Penis Envy？

十九世紀初，精神分析之父佛洛伊德提出一個理論：當小女孩第一次看到父親或兄弟的生殖器時，她會對自己的生殖器產生排斥。佛洛伊德進一步解釋：女孩非常嫉妒男性擁有陰莖，她會認為自己的陰莖是被母親閹割掉的，為了找回失去的陰莖，女孩會和父親特別親近。長大之後，她會從生命中其他男性完美的陰莖中，尋找安全感和歸屬感。

當時以男性為中心的醫學界，很自然地接受佛洛伊德提出的愚蠢理論，並拿來大作文章。但是現在，如果仍然有「陽具妒忌」情結，那一定是發生在男性族群之間，無論異男或男同都別想擺脫。在男性更衣室裡，每個男人都在打量其他人的屌：「乖乖！瞧瞧那根巨砲，竟然掛在那種軟腳蝦身上！」再看看A片猛男的超級大屌，像輪船水壓幫浦那樣狂抽猛送時，也只能默默祈禱上天：「神啊！請多給我一兩吋吧！」

女人愛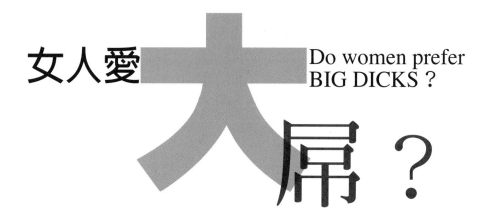屌？

Do women prefer BIG DICKS？

當然愛啦！很多人看到大尺碼巨陽就開始騷癢難耐，這是一種讓人獲得「飽足感」的性幻想。但大部分女性都覺得，其實中等尺寸的老二做起來比較舒服；而且懂得陽具使用技巧、又細心的男人，才是最佳性愛伴侶。女性最敏感的部位在陰蒂和陰道最外緣的兩吋（因為大部分的神經末稍都在這兒），所以，粗屌兒才是極品。

情聖愛吃生蠔
More Oysters For Casanova

「我愛女人愛到發狂」，卡薩諾瓦〔Giacomo Casanova，1725-1798〕在他長達十二卷的回憶錄《我的一生》〔History of My Life〕中如此描述著他對女性的神往。卡薩諾瓦當過水手、魔術師、賭徒、間諜，還是《伊里亞德》的譯者。但讓他風靡全歐、歷久不衰的，卻是他過人的性精力。他對性的挑逗永遠興致勃勃，他追求著財富、慾望……以及最豐潤多汁、新鮮的——生蠔。

生蠔是來自海洋的傳奇催情聖品。文獻記載，卡薩諾瓦每天早晨在浴室裡要吃掉50個生蠔。在品味這些海洋珍饈時，他所愛慕的女性也陪伴在身邊。是生蠔那種殼中鮮肉的陰戶視覺感撩動他的春心？還是他當時就知道，生蠔富含大量的鋅，正好是製造精子和男性睪酮素的主要元素？

「……我們邊吃生蠔邊做樂，互相交換嘴裡的鮮蠔，她把舌頭上的生蠔送給我，我把我的生蠔交付於她的香唇上；情人之間最性感美味的神仙意境，莫過於此了……」

卡薩諾瓦，《我的一生》

在家享用美味的燭光晚餐（甜點就是你）

讓愛人幫你洗頭髮

電梯內速戰速決

拍打你的小屁屁

保證硬起來**24招**
24 GUARANTEED TURN-ONS

一面做愛，一面淫辭穢語

舔你的胳肢窩

一個超完美的微笑

香水和汗水混合的氣息

第一次玩**3P**

讓伴侶撕破你的內褲

90分鐘的露天按摩

偷腥的刺激感

吊床上狂抽猛送

讓鄰居看著你們辦事

耳畔輕聲細語，說出自己的性需求

高級床單上的擁抱

燃燒的火光旁，熱情的性愛

呻吟、淫叫、叫床

交纏蠕動的腳趾頭

緩慢地褪去身上衣物

低沈性感的薩克斯風

陷在沙丘裡做愛

一大袋調皮可愛的性玩具

吻到世界末日

狂野希臘瘋 THOSE WILD AND CRAZY CREEKS

想像一下限制級的威基伍德（Wedgwood）陶瓷和特百惠（Tupperware）塑膠保鮮盒，你就可以了解為什麼古希臘文物中最古靈精怪的瓶子和缸甕，都會出現在世界各大博物館的後宮秘室。

象徵生命與力量的陽具，是希臘裝飾藝術的中心概念。古希臘文物中所呈現的完美陰莖都有包皮，但令人大吃一驚的是：這些文物中的男性陰莖，都只有一丁點兒大……然而這方寸之物，卻是生命繁衍的表徵。根據亞里斯多德的解釋，那是因為精子到達子宮的距離很短。所以，陰莖並不需要大得太誇張。

你或許能想像的到，希臘文化中的每個性愛素材，都有精彩的陽具景觀。古希臘的花瓶上，裝飾著體態健美的年輕運動員圖案，他們的包皮拉到了龜頭上，並繫上一條皮繩（如果你對這題目有興趣的話，這叫「陰部封鎖」（infibulation））。好色的男人則挺著勃起的巨陽，追著妓女一路跑。哀怨寂寞的妻子只好到麥特斯（Miletus，古希臘時期販賣假陽具的最大市集）買假陽具回家用。噴泉的噴水口和扶手上，裝飾著扭曲的多P性狂歡圖案。而淺盤子上的圖形，則是一個已婚男子在愛撫著他的同性情人。

這就是古希臘的實際生活面。對古希臘人而言，充滿陽具和性愛的器具用品，就和陶瓷櫥櫃一樣稀鬆平常，都是生活必需品罷了！

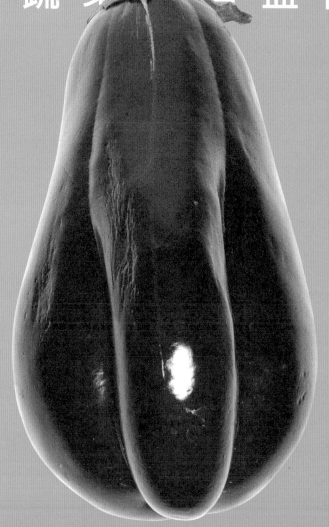

EAT YOUR VEGETABLES

「然後，巴洛爾把陰莖插入了蘇丹女兒的小穴中。她蹲坐在他的陽物上調整姿勢，讓那東西整根沒入她的小火爐，不留一絲空隙……接著，她開始獻上一支舞蹈，上下晃動著她的屁股，好像在篩白米，由左至右，由前至後；從沒有人跳過這樣的舞。」

節錄自《香水花園》（Perfumed Garden）

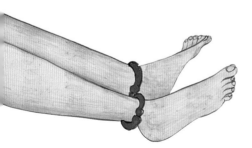

除了卡拉OK、LV精品店和豐田汽車，

日本還有許多有趣的東西。

像這個讓人眼睛一亮的奇異傳統，

就發生在日本。

「屌」到不行的
豐年祭 HOUNEN MATSURI

每年三月十五日，日本愛知縣小牧市，都會舉辦讚美萬物繁殖的獨特豐
年祭（**Hounen Matsuri**）。長達一英里的遊行隊伍朝著田縣神社前進，一路
上伴隨竹笛樂音以及啜飲清酒的旁觀者。力壯的男子一面吟唱「嘿咻！嘿咻！」，一面
扛著巨大的勃起陽具。右圖的超級木屌由一位**90**歲的老伯用一棵柏樹雕刻而成。這尊**400**公斤重的巨陽將
奉獻給神社，作為祈求「豐年」的象徵，期盼一整年五穀豐收、六畜興旺。

你這個「禽獸不如」的東西！

YOU'RE SUCH AN
ANIMAL！

猩猩的體重高達270公斤，但是勃起後陰莖卻只有5公分左右。公猩猩不大會用到牠們的屌，一年或許只用一次，因為母猩猩每隔四年才發情一次，每次只有短短的幾天。

鯨魚的大屌長達275公分，堪稱海洋之王。牠們一年交配一次，其餘的時間就把這根大水管藏在腹部裡面。

豬屌是天然的開酒器，彎彎曲曲的形狀，盤旋起來長達45公分，所以母豬絕對不會問：「進去了嗎？」

如果你勃起的屌有120公分、45公斤，那你也能當大地之王。**大象**的屌是個內建的推進機，要用的時候，可以幽雅地把前腳放在女朋友的屁股上，完美地保持平衡。大象做愛用不到一分鐘，懷孕期卻長達22個月

身高580公分，屌長60公分，**公長頸鹿**最懂得如何出人「頭」地。長頸鹿射精完畢後，會馬上跑去和哥兒們玩耍鬼混，對剛才共享激情的母長頸鹿完全不聞不問，當然也不管後代的死活。

什麼統一？什麼獨立？都是胡說八道！這隻屌才真正稱得上「獨立」：**章魚**的屌長在牠八根觸鬚的其中一根上。需要交配時，整隻屌像一支手臂從身上分離出去，然後游泳追向母章魚。交配完之後，這隻獨立屌也宣告報廢，但是卻一直黏在母章魚身上。

管它怎麼說
自慰
永遠爽翻天

動動幫助 Working a cramp out of your muscle
跳跳玩具上發條 Winding your corker
賽車手 Wonking your muscle
弄老二 Working your willy
甩瓶大牽角 White water wristing
腦魚摔角 Wrestling the eel
拉你的雞 Yank your crank
拉弦的鐘 Yank my doodle
痛扁大主教 Beating the bishop
消之而後快 Beat off
跳跳香腸賽 Boppin' the bologna
毛毛蟲打嗝 Burping the worm
打些貴實器 Calling down for more mayo
悶死你的雞 Choke your chicken
清潔管 Clean the pipes
擦亮兇猛的胸 Cracking the fat
掉落一條線 Dropping a line
煎餅堆滿肚子裡 Dropping stomach pancakes
拳交 Fist fuck
拳打男工 Fisting the mister
五指奧運 Five knuckle olympics
打管 Flogging your log
笛子獨奏 Flute solo
拉拉扯扯 Giving it a tug
獨立英雄 Giving the John Hancock
弄肉 Hacking the hog
抓住香腸當人質 Holding your sausage hostage
磨你的肉骨頭 Hone your bone
打飛機 Jack off
打豆莖 Jackin' the beanstalk
打手槍 Jerk off
打黃瓜 Jerk the gherkin
指節洗牌 Knuckle shuffle on your piss pump
禿頭嘔吐 Making the bald guy puke
雙手萬能 Manual override
擠奶蜥蜴 Milking the lizard
高熱塑膠 Moulding hot plastic
彈簧棍上油 Oiling the pogo stick
單手鼓掌 One handed clapping
剝香蕉皮 Peel the banana
划船當嫌犯 Paddle the pickle
用你的麵條玩 Playing with your noodle
玩尿尿 Play the piss pipe
彈風琴 Play the organ
擦亮鉻黃玻璃頂 Polish the chrome dome
懶海豚 Popping the porpoise
壞蛋浦 Pound your piss pump
輸蛇無氣 Pounding your pud
弄海豚 Pumping the python
蜥蜴不江覆 Punchin' the munchkin
換馬鈴當工覆 Roughing up the suspect
把蝌蚪 Rounding up the tadpoles
為你的肉加料 Seasonin' your meat
自愛 Self love
自蔓 Rub one out
和老板握手 Shaking hands with the governor
擦亮頭盔 Shining the helmet
射亮月光 Shooting putty at the moon
灌香腸 Slap the salami
打軟變硬 Slappin' pappy
最後一份牛肉醬 Sloppy Joe's last stand
肥腫符號語言 Sloppy sign language
打屁兒 Spank the frank
肉管擠奶 Squeeze the cream from the flesh Twinkie
擠牙膏 Squeezing the toothpaste
戲耍黃鼠狼 Tease the weasel
黏書的倫巴 The sticky page rhumba
撞動火山 Tickle the Elmo
扭雞擰肉 Tussle your muscle
打開香腸 Unwapping the pepperoni
翼索克打蠟 Wax your Jackson
擦腳丫 Whipping the window washer

蓄勢待發，射進未來

陰莖趨勢大預測 Predicktions Predicktions

虛擬性交
VIRTUAL INTERCOURSE
還在玩充氣娃娃嗎？太遜了吧！未來最炫的性愛玩具，將是你最親愛的筆記型電腦和讓你樂翻天的會員制虛擬性愛網站。利用最新科技的3D立體眼鏡和超敏感矽膠套環，給你無限春光的幻想空間以及最高層次的性愛高潮，讓你和近乎真實的夢中情人，一起登上性愛的最高境界。保證沒有性病，沒有病毒，沒有陰蝨。

陰莖增大……震！震！震！震到你挺起來！
PENIS ENLARGEMENT...ZAP, ZAP, ZAP
別害羞了啦，快把腿打開吧！水晶球已經開始冒出清煙，我們看到了一個刺激興奮的未來：最新發明的內光雷射器，會迅速地把你的小雞雞，充脹成粗壯的大鵰，不必動手術喔！請不要問我細節，我們只會預測未來，完全不懂醫學……但是，技藝高超的震擊手術可以讓屌變大，而且至少能撐半年。

老二上電視
PRIME TIME PECKERS
許多迷人可愛的垂軟老二，即將在電視上和觀眾們見面了。我們說的可是全國連播網，不是亂七八糟的第四台喔。正面全裸的屌兒將會率先攻佔喜劇節目，例如「唉呀！我的毛巾掉到地上了！」那類討喜的情節。想看更勁爆、更神氣的屌，盯緊八點檔吧。到時候流口水的，不只是你家小狗喔。

女人也要長老二
FEMALE WEENIES ON DEMAND
姊姊妹妹們準備迎接新時代吧！就在不久的未來，兩性平等將徹底實現，女性也有機會擁有一根像陰莖的附屬品。這顆神奇膠囊，會把一股擴充組織的血液噴流，導入女性可愛的重點部位。會脹到多大呢？我們洞察未來的視覺想像還是有限，但是這些多了根東西的女人，已經足夠讓大家眼睛脫窗，她們絕對會在天體海灘造成騷動。調杯雞尾酒，等著被意想不到的括約肌嚇昏吧！

幫我的老二「做臉」吧！
A PENIS "FACIAL", PLEASE
不要懷疑！多年來，男人的老二一直悶在睪丸的汗臭和尿垢當中，如今，上美容院幫屌兒「做臉」的時候到了。屌兒做臉第一步：先讓雞雞和蛋蛋用浸泡過洋甘菊和薰衣草的薄紗布包起來，好好讓它睡一覺；第二步是最好玩的：用濕滑的綜合蔬果潔膚泥，上下按摩整根屌兒，讓它保持朝露般的美麗光澤；最後噴上回春海洋蛋白精華露。還有更多的秘方，正在努力研發當中。

自慰的優點是：你不必盛裝打扮！

"The good thing about masturbation is that

you don't have to dress up for it."

楚門・卡波提（**Truman Capote**）

《第凡內早餐》作者。

很 多 人 都 認 為 ，
老 天 爺 創 造 陰 莖 只 有 一 個 目 的 ，
就 是 繁 衍 後 代 。
可 能 有 人 對 這 個 論 調 不 予 苟 同 ，
但 是 ，
看 看 這 張 可 愛 的 臉 ，
又 有 什 麼 好 爭 辯 的 呢 ？

國家圖書館出版品預行編目資料

啊！好屌 / 約瑟夫·科恩（Joseph Cohen）作 ；
但唐謨譯 -- 初版 -- 臺北市 ： 大辣出版 ：
大塊文化發行，2005〔民94〕
面 ； 公分 -- (dala sex ；8)
譯自： The penis book

ISBN 986-81177-8-X（平裝）

874.6   94020200

not only passion

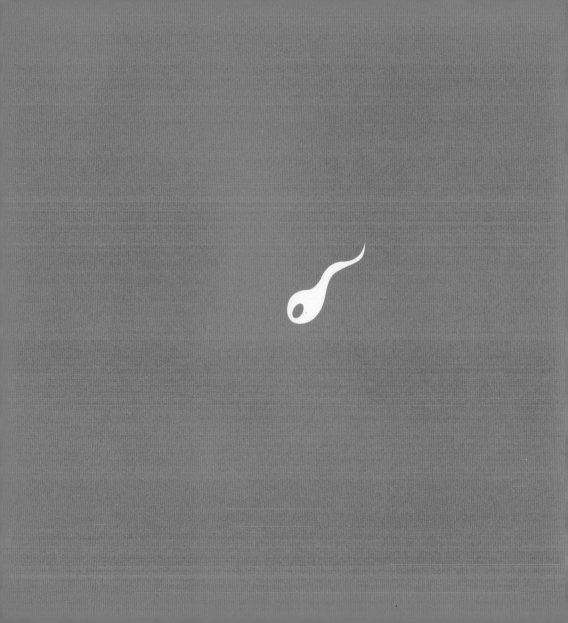

not only passion

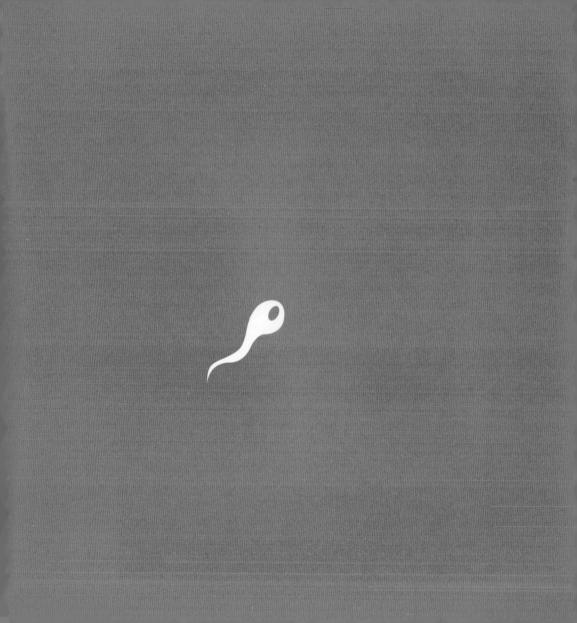